周围

柳沄 著

北方联合出版传媒(集团)股份有限公司
春风文艺出版社
·沈阳·

图书在版编目（CIP）数据

周围 / 柳沄著. —沈阳：春风文艺出版社，2017.12（2021.1重印）
ISBN 978-7-5313-5198-6

Ⅰ. ①周… Ⅱ. ①柳… Ⅲ. ①诗集—中国—当代 Ⅳ. ①I227

中国版本图书馆CIP数据核字（2017）第305175号

北方联合出版传媒（集团）股份有限公司
春风文艺出版社出版发行
http://www.chunfengwenyi.com
沈阳市和平区十一纬路25号　邮编：110003
永清县晔盛亚胶印有限公司印刷

责任编辑：姚宏越		责任校对：于文慧
封面设计：马寄萍		幅面尺寸：145mm×210mm
字　　数：110千字		印　　张：6.5
版　　次：2017年12月第1版		印　　次：2021年1月第2次
书　　号：ISBN 978-7-5313-5198-6		
定　　价：30.00元		

版权专有　侵权必究　举报电话：024-23284391
如有质量问题，请拨打电话：024-23284384

目 录

滋　味 —————————— 001

想栽棵树 —————————— 003

一堆积雪 —————————— 005

杨树林里的花楸树 —————— 007

5月19日，下午 —————— 009

晒父亲晒过的太阳 —————— 011

夜里九点整 —————————— 013

草坪里的草 —————————— 015

有雨的下午 —————————— 017

夜宿五峰村 —————————— 018

山　顶 —————————— 021

飞　天 —————————— 023

一场蒙蒙细雨 —————————— 025

天　空 —————————— 027

坐在午后的阳台上 —————— 029

突然想到一只豹子 —————— 031

盗木者	033
旧铁轨	035
再次谈到大凌河	037
时候一到	039
不开花的昙花	041
失 题	043
空着的座位	045
杯子和杯子	047
下午的磁湖	049
走在山里	050
冬日的街头	052
阵 雨	054
今夜有流星	056
结 果	058
越走越低的河	060
草和羊	063
爬一座叫大黑山的山	065
这个早晨	067
雨终于停了	069
两座山	071
时 间	073
石拱桥	075
流入镜泊湖里的溪水	077
梅	079

一只用来喝茶的杯子 —— 080

几只蝴蝶 —— 082

浮　云 —— 084

在渤海边看渤海 —— 086

撂下电话 —— 088

一对瓷瓶：A —— 090

一对瓷瓶：B —— 092

坏牙齿 —— 094

那棵老树 —— 096

两只绵羊 —— 098

落在院子里的雨 —— 100

怒江公园 —— 102

远　方 —— 104

槐花开了 —— 106

暮　年 —— 108

蠕动的小径 —— 110

常给朋友打电话 —— 112

第九盏灯 —— 114

常去的地方 —— 116

重　逢 —— 118

越来越平淡的日子 —— 120

小　湖 —— 122

想　你 —— 124

一棵古槐和另一棵古槐 —— 126

生　涯	129
告诉您	131
山里的石头	133
敲木鱼的出家人	135
雨后的夜晚	137
醒来的野马河	139
无名岛	141
风一直在吹	143
局外人	145
屈　从	147
避　雨	148
寂静的山谷	150
比雪梨更安静的事物	152
今　天	154
难以数清的麻雀	156
很厚的雪	158
一列动车经过一座铁桥	160
夜深人静的时候	162
天是怎么黑下来的	164
性格与命运	166
被一块石头瞧着	168
靠海的房子	170
阅　读	172
废　园	174

涪　江	176
关于辽河	179
不一样的皂角树	181
多余的木桥	183
待在家里	185
再次写到雪	187
向　西	189
幸福的杨树	191
为此着迷	193
这　里	195
天气出奇的好	197

滋　味

撂下电话
女儿急着往外走
将刚咬了一口的苹果
随手丢在茶几上

很红的苹果
很好看很好吃的苹果
无奈地摇晃那么几下
就再也不动了

我能猜到
这是怎么一回事儿
——初恋远比任何一只苹果
都更有滋味

连招呼也不打
女儿推门就出去了
那跑下楼梯的脚步声

把我带出老远

女儿确实长大了
她已有太多的理由
在丢下一只苹果的同时
把我也丢在屋里

然而，无论我如何想
女儿的突然离开都好比一次停电
我很难一下子
摸到蜡烛和火柴

有好大一会儿
我跟那只发呆的苹果
一样静，一样
缓不过神来

不一样的是心里的滋味
我无法像被咬过的苹果那样
很甜很甜地对待着
所遭遇到的一切……

想栽棵树

想栽棵树
想在我认为合适的地方
栽上一棵树

最好是桑树
槐树也行
我一直像某些人不喜欢我那样
不喜欢松树

我一直把那些
知道发芽又懂得落叶的树
视为人的偏旁或部首
至少，浇在它们头上的雨水
与浇在我们头上的雨水
是一模一样的

落在它们身上的雪花
与落在我们身上的雪花

也是一样的,这种时候
松树绿得有点虚
有点不新鲜

别以为我又在隐喻
根本不是!我只是想说
——有荣有枯
那才叫活着

活着真好
不仅可以坐在屋子里
写这首跟树有关的诗
还可以把笔换成锹
去外面栽一棵桑树
或者槐树

我想今天就动手
今天不成还有明天……
总之,这个挥之不去的念头
使我充满了挥锹的力量
使我的另一半儿
安静地空着

一堆积雪

一大堆积雪
安安静静地堆在
安静下来的院子里

在此之前
铲雪的声音太响了
不妨说是院子里的人们
把那些刺耳的噪音
一锹一锹地
撮在了一块儿

这算不上夸张
我只是觉得这个句子新鲜
就写下了。在东北
积雪嗜睡的日子和严冬一样长
没有什么会让它
于中途醒过来

雪是白的。被
堆成了一堆的积雪
开始也是洁白的
天气非常好的时候
阳光凿在上面
所溅起的阵阵动静
只有耐心的阳光听得见

不久,它就黑了
从这扇不大的窗户望过去
越来越黑的积雪
越来越像一堆泥土
在掩埋着什么

每次上班和下班
我都得经过它
但,没有哪一次
像是经过一座
死寂的坟茔

杨树林里的花楸树

茂密的杨树林里
生长着一棵
跟杨树不一样的树

不但叶子不一样
枝条不一样;甚至
连摇摆的姿势
也有些不一样

后来我才知道
它的学名叫花楸
属落叶乔木。春天
当杨树争先恐后地扬絮的时候
它静静地开出
许多白色的花朵

然而,不走进林子深处
你无法发现它

远远地望去，它那
与杨树不一样的叶子和枝条
使它和周围的每一棵杨树
像生命和生命那么一样

我因此记住了它
——除了让自己
长得和杨树不一样之外
它几乎没有别的事可干

它因与杨树过分的不同
而枝繁叶茂地成为
杨树林的一部分

5月19日,下午

才买回来的
第五辆自行车
又丢了,连同锁车的锁
和拴车的链子

谁偷的呢
当然是人偷的
此刻他正蹬着它
驶向想要驶向的地方

——两只崭新的轮子
在平坦的街道上飞快地滚动着
越滚就越不再是我的

好像头一次感到
我久居的这座城市
竟这么大,这么深
它藏下一辆失窃的自行车

比大海藏下一条失踪的船
还要容易

我点燃一支烟
并深深地吸了几口
努力让自己像一个
跟那辆被偷走的自行车
无关的人

晒父亲晒过的太阳

坐在院子里
父亲多次坐过的
那块石头上,同时
和众多的遗物一起
不声不响地晒着
父亲曾经晒过的太阳

这是秋末的某天上午
天空跟往日一样
蓝得什么也没有

我坐着,一副
仍想坐下去的样子
像父亲留下的
另一件遗物

除了父亲的音容笑貌
此刻我什么都不想

不想照在我身上的阳光
与照在父亲身上的阳光
是否一样,更不去想
父亲坐在这儿与我坐在这儿
有哪些不一样

同所有的遗物一起
我继续晒着父亲反复晒过的太阳
直到灿烂的阳光更加灿烂
直到故去多日的父亲
在我的身上暖和过来

夜里九点整

夜里九点整
九十一岁的母亲
艰难地咽下
最后一口气儿

在妹妹惊天动地的呼喊里
活得很累很累的母亲
很平静甚至很舒坦地躺在
宽大的木床上

那是一张
母亲躺了几十年的木床
此刻,躺在上面的母亲
仿佛躺在
另一个地方

——母亲睡着了
跟四年前病逝的父亲一样安详

其微微张开的嘴唇
含着太多没能说完的话
像那颗最大的星星
整夜整夜地
含着光亮

我没哭
只是窗外的风，不停地
在窗里呜呜地响

很想再活一些时间的母亲
被时间带走了
从此，这个世界上
再没有谁将五十六岁的我
视作孩子

草坪里的草

写这首诗的时候
草坪里的草
刚刚被割草机割过

夏季,每隔一段日子
嗓门洪亮的割草机
就会在小区里嚷嚷一回

它以这样的方式
牢牢地控制着草的长势
同时,也控制着
我对那些草的看法

——可怜的草
远比庄稼珍贵的草
它们不仅被栅栏护着,也被
人们用以淘米洗菜的自来水浇着
可是,每当它们

长得格外茂盛格外像草时
就得被齐根割掉

这么想着，几只
鸽子轻盈地落在
禁止入内的草坪里
而远在天边的夕阳
忙着将铺在草坪上的阳光
一寸寸卷起

所有这一切
使我写下的这些文字
显得那么多余，使
那片刚刚被割草机粗暴过的草坪
那么平静和舒展

隔窗望去，比
一位仰面而卧的女人
还要心甘情愿

有雨的下午

有雨的下午
依然是
一个很漫长的下午

等距离站成一排的街树
被淋湿了
被淋透了
但还是街树

一个微不足道的人
于不紧不慢的雨中
急匆匆地走着
和那些摇摇晃晃的街树
一同走着

他继续走着
使拐了一个弯儿的街道
一下子成为
另一条街道

夜宿五峰村

一

拐来拐去的羊肠道
仿佛没有尽头

它并不停在
我们很想停下来的地方
而是一个劲儿地拐向
更深的山里

顺着它蜿蜒的意思
大家深一脚浅一脚地走着
沿途,那些山石、茅草以及每棵梨树
被手电筒照得
随我们一起摇晃

我一步不落地跟在后面

像一捆被某只看不见的手
拎住不放的行李

二

突然,我们不再说话
而是有些吃惊地看着
不知何时现身的月亮

山里的月亮与城里的月亮
竟然这么不一样
就像初次见到与经常见到
那么不一样

此刻,它就蹲在
房东的屋顶,将
黏稠似漆的月光
一遍遍均匀地刷在
一片片瓦上

直到乌黑瓦黑得发亮
直到我们不再怀疑:这是真的

三

才躺下不久

某只虫子便开始鸣叫

起初，是在屋外鸣叫
但越听越像是
在我耳畔的某个地方鸣叫

我翻了一个身
把仰卧换成侧卧
那歌唱似的鸣叫
叫得更欢更响

叫得屋里屋外
一样安静，安静得
仿佛空无一人

山　顶

通往山顶的小路
越来越陡峭
陡峭始终是多余的
但攀爬不是

整整一个下午
山顶默默地俯瞰着
俯瞰使我的攀爬
反复成为蠕动

其间，好几块
被我蹬落的石头好几次提醒我
——爬得越高
就有跌得越惨的危险

我早已分不清
林涛声与喘息声哪个更粗重
却知道每一位抵达者

都像迟到的人

但这时的山顶
格外像山顶
我是说，它使眼界不一样的人
有了一样的远方和眺望

使眺望中的我突然意识到
——所谓远方，无非是
一些东西变小了
一些东西不见了

飞 天

名词,也是动词
两者之间,这些
来历不详面目不清的女人
既不能飞走
又不想落下来

这些一千四百多年前的女人
与我面对面地注视着
一千四百多年的时光,也无法
将她们飘动的衣袂
以及饰带,变成翼

既不飞走也不落下来
她们卡在那儿的样子
远不如洞窟外的月牙泉
那么舒服地泡在
时而荡漾时而平静的泉水里

远不如漂亮的讲解员
那么迷人。赶往
天堂的她们使天堂空着
就像四周的沙漠
那样死寂地空着

想不出我与她们
到底有什么关系
我从东北远道而来
好像就是为了在她们面前
惦念家中的女儿和妻子

一场蒙蒙细雨

一场蒙蒙细雨
像细雨那样下着
一场蒙蒙细雨
几乎不像是雨

一场蒙蒙细雨
丝毫没有雨的动静
一场蒙蒙细雨,仅仅
是为了把自己弄湿

是的,一场蒙蒙细雨
在努力克制着几乎听不见的哭泣
并且为越来越止不住的檐滴
送上哭泣的借口或原因

但一场蒙蒙细雨
无法打动这座雨中的城市
它只是在不断地带走

那么多打伞的人

……你不在其中
此时,你躲在雨淋不到的地方
也哭成了
这个样子

天　空

一只麻雀飞过的天空
与一群麻雀飞过的天空
是一样的

一群斑头雁飞过的天空
与一群丹顶鹤飞过的天空
是一样的

甚至乌鸦飞过的天空
与苍鹰飞过的天空
也是一样的

但我仰望的天空
与鸟儿飞过的天空
肯定不一样

就像一只麻雀和一群麻雀
那么不一样；就像

乌鸦和苍鹰那么不一样

就像一群好看的斑头雁
与一群更加好看的丹顶鹤
那么不一样

坐在午后的阳台上

坐在午后的阳台上
以此避开,书房里
那个烦躁不安的自己

是的,他太烦躁了
当一壶水被烧得滚沸时
也是那副样子

我抽出一支烟
并将其点燃
渐渐感到:从烦躁到平静
一点都不亚于
从地狱到天堂

我继续坐在
午后的阳台上
时间越长越不像一壶水
坐在炉子上

时间越长
起身离开的理由就越多
可坐下去的理由
似乎更多,比如
临近熄灭的太阳是那么和蔼
而照在身上的阳光
暖和得叫人想好好活着

暖和得叫人
想活到最后那一刻

突然想到一只豹子

突然想到一只豹子
或者说,是它
在这夜深人静的时刻
偶然闯入我的想象中

想象中的豹子
远比我想象的真实
我始终瞧不出
有哪一个细节肯漏掉它
譬如发光的眼睛
譬如满身的斑点
譬如偶尔踩空的前爪,以及
那根长得无法再长的尾巴……

我有些吃惊
甚至不解。此刻
每一阵风每一缕月光
都轻轻地战栗于它毛皮的柔软

只见它纵身一跳,轻快地
跃过那条淙淙的溪流
使几只早已飞倦的宿鸟
不得不再飞一遍

深邃的夜晚更加深邃
有那么一阵儿
它像我望着它那样
不安地望着远方
可远方能有什么呢?我想
对于这只孤独的豹子
远方不过是另一只
更加孤独的豹子

它的消失和它的出现一样快
当我再次抬起头来
它已待在它不愿意
被我知道的地方

盗木者

有一些话
从昨天一直憋到现在
即使我不说
他也是一个砍树的人

即使我不讲
别在他腰间的斧柄
也是树的一根肋骨
斧柄断了,再换上新的
仍然是树的一根肋骨

这样的细节
不止一次被我提到
他的痰迹,也不止一次
梦遗似的留在那里
当他重新出现在
空无一人的地方
世界又得失去些什么

生命的脆弱,无法
点亮慈悲的灯盏
同样,从两面夹击的铁锈
也无法使坚硬的斧子变软

铿锵的斧斫声
再次从深谷中传来
不但一下狠似一下
中间还隔着
"哐哐"的死寂

山听着,群山听着
比起遮掩,它们
更习惯于缄口不语

旧铁轨

两条很旧的铁轨
发出崭新的光

那是刚刚跑过去的火车
碾出来的光,是
一阵剧烈的颤抖之后
沉寂下来的光

一直说不准
铁轨被飞驰的火车碾过时
是一种什么样的滋味
但它们努力向前延伸的样子
看上去,好像
生怕被呼啸的火车追上

突然就想到那次送别
——我站在月台上看着火车启动
看着她被车厢载向远方

紧接着看着自己孤单的影子
被一扇快似一扇的车窗拽走……
所有这一切，使
不断向前延伸的铁轨
更加依赖延伸

事实是：无论
铁轨延伸到哪里
火车就得跑到哪里
月亮和太阳，也得
紧紧地跟随到哪里

两条旧铁轨
使我一直敬畏的时间，变得
如此蜿蜒，如此不顾一切
它们是否有厌倦的时候呢
我想：如果有，也和此刻
一个人的心情有关

再次谈到大凌河

下午喝茶的时候
再次对朋友谈到大凌河
谈到十九岁的我
跟一株稻秧似的
被那个年代插在了那里

谈到河畔的稻田
那么平坦那么一望无际
你理解它们时它们生机勃勃
你鄙弃它们时
它们一片荒芜

谈到歇工时
我坐在河堤上想家
过往的船,让
近在眼前的河水
有了长而蜿蜒的远方

谈到每年的八月河水暴涨
如短暂的经期混浊又汹涌
这一切使大凌河母性十足
使之前之后的灌溉
无异于哺育

如今,我已不在那里
我不在时,十九岁的我
依然跟一株分蘖、抽穗
继而扬花、灌浆的稻子
差不多

时候一到

时候一到
院子里的那棵老树
便开始落叶

一片一片地往下落
一阵一阵地往下落
脱胎换骨似的往下落
抛撒冥纸那样
往下落……

好像不这样不行
好像不这样
就无法跟这个季节
取得和解

半空中缠满了
肉眼看不见的弧线
而粗一阵细一阵的风

使那些，一点
都不像鲫鱼的落叶
如鱼得水

这可不是隐喻
我确实看到一片落叶
从地上一跃而起
将一阵风带出老远

一连好多天
这样的情景
几乎无时不在窗外重复
直到没有什么可以再落
直到几只落在树上的鸟儿
比树上的叶子
还多

不开花的昙花

友人抱进来一盆昙花
他很郑重地告诉我
——这是一盆
开过花的昙花

我满怀感激和欣喜
将它摆放在朝南的窗台上
那儿是阳光最明媚的地方
此后,因这盆昙花
而更加明媚

我开始幻想
它开花时的样子:那
短暂而又漂亮的花朵
在我的注视下,低着头
自己反复嗅着自己

当这样的情景

再次浮现于我的眼前
屋子里所有的物件全都消失了
便觉得，即使
明天早上就是世界末日
我也会在今天傍晚
为它浇水

半年过去了
一年也很快过去了
这盆曾经开过花的昙花
用很长的时间生长
用更长的时间
拒绝开放

我依然在等
并在等待中从未相信
——那一遍遍浇给花盆里的水
仅仅是让枯萎
变得漫长

失　题

早晨的太阳
被不紧不慢的时间
追成了夕阳

夕阳终于熄灭了
时间迈过它，继续
不紧不慢地奔走

恰如一阵风，让
另一阵风，鼓荡到
我想象不到的地方
恰如一片鸿毛
在它自己的分量里
飞得，再轻些……

这样的比喻使人疲倦
使更多的人，拎着
一双空手归来

而明天远在明天之后
旭日不过是一枝
出墙的红杏

此刻，铺开的稿纸
将沐浴星光的大地
移至僻静的灯下
我渴望从中瞧出
——走下去与想下去
究竟有什么样的不同

沐浴星光的大地
远不如我的内心
我是说，在我的内心深处
至少还有那么一片
上帝管不着的地方

空着的座位

列车驶离始发站
已经很久了。我身边的
39号座位,还在空着

很安静地空着
除了安静,什么也没有那样空着
空得过道上每一个走动的乘客
都特别像它的主人

奔跑的列车
继续飞快地向前奔跑
一直空着的座位,使
两个本该在难挨的旅途中
肩并肩坐在一起的人
莫名其妙地少了一个

那是一个怎样的人呢
我仰靠在椅背上,想象着

他的性别、年龄以及模样
突然就想到了前天下午
为我拔牙的女牙医
她露在口罩外面的两只眼睛
非常漂亮

这一切
使空着的座位
更空

杯子和杯子

你始终无法区分
两只一模一样的杯子

在棕色的茶几上
它和它凑成了
特别恬静,特别
洁白的一对儿

就像电视和沙发
那么对称,就像
你和自己难以分离

后来,其中的一只
不慎跌落在地板上
所发出的十分清脆
又十分短暂的声响
长时间地装满
另一只杯子

此时，你蜷缩在
忽深忽浅的睡梦里
一再感到
像是被谁
轻轻地端在手上

下午的磁湖

下午的磁湖
泡在下午的湖水里

泡在湖水里的磁湖
跟湖水一样清澈一样平静

除了平静除了清澈
下午的磁湖再没有别的事

哦,磁湖无事时
湖水也无事

走在山里

和几位诗人一起
连说带唠地走着
偶尔也会夹在他们中间
和自己一起走着

就这样走着
毫无目的地走着
蜿蜒的山道乐意通向哪里
我们就跟随到哪里

山沉默不语
一路上,它们
待在远近不同的地方
同时看着我们

哦,它们始终在看着我们
就像我们有时停下来
低头看着脚下

几只蠕动的虫子

对于我，这种
感觉特别强烈
在群峰耸峙的山里
这种感觉越走越强烈

当天色暗下来
当我们换了个方向掉头回去
这种感觉
变得更加强烈

冬日的街头

我站在这儿
等一位异性朋友,等待
使我跟周围的几棵
东摇西晃的街树
形异但神似

约好的时间早已过去
打她的手机
如敲一扇,怎么
也敲不开的门

我几次对自己说
——等会儿,再等一会儿
等来的却是两辆轿车
在我的眼前追尾

那么漂亮的轿车
一下子变得那么难看

好比一条狗在嗅另一条狗

我扭过头去,发现
我的影子不知什么时候
已被下午的阳光
钉在了粗糙的墙上
那黑乎乎的影子
无论我怎么瞅
都酷似一张
刚刚挂上去的兽皮

我吃惊于这一想象
好像我不是在等候那位
迟迟等不来的异性朋友
而是在目送一位
扬长而去的屠夫

阵　雨

我感到沮丧
——整整一天
我也没能写好
这场想下就下
说停就停的雨

它们一阵隔一阵地落着
太阳一次接一次地出来
上午是这样
下午还是这样

不知道湿淋淋的阳光是怎么想的
金灿灿的雨水是怎么想的
我认为：这在
2014年8月16日的沈阳
是一件让人心动的事儿

还剩下最后一阵

还剩下
最后一阵中的
最后一滴

我扔下手中的笔
像扔下一柄
挺沉挺沉的锤子

今夜有流星

今夜有流星
2013年6月15日23点
北镇的夜晚有流星

而且不是一颗
是难以一目了然的一群
它们拖着各自的尾翼
没事似的掠过
每个人的头顶

哦,它们没事一样
争先恐后地赶往消失
使一闪即逝的瞬间
漫长得似乎没有尽头

有人发出惊叫
听上去,好像她身体的某个部位
被某条粗大的尾翼

刮碰了那么一下

我也有些激动
——对既定轨道的偏离
或者挣脱，竟然使那些
那么巨大那么沉重的石头
那么轻盈那么绚烂
那么若无其事

那么不像：翻滚着
急速坠落的石头……

结 果

首先是需要走完的路
然后,才是一条
长而蜿蜒的藤

其实,在这之前
它们就在我的心里
相互比喻着,直到
把对方当成自己

在心里,在
相互比喻的过程中
它们一刻不停地爬向枯萎
偶尔的疏忽或一时的大意
都不会让它们
于中途停下来

至于别的什么
则始终是多余的

多余得好比不必要的纠缠
一些经线说：是
一些纬线说：不是

然而，无论是与不是
都无法妨碍结果
最终成为结果，因为
命运一直在那儿准备着
只需顺着藤就能摸到

越走越低的河

我想说说那条河
那条越走越低的河
当它走到更低的地方
落日已落进大海里

我愿意将这一切
看作是高度对深度的投奔或归顺
但上游并不会因此消失
它一直在那儿,一直
云里雾里地端着架子

此时已是深夜
沿途那些恍惚的城镇
更加恍惚。我吃不准
是河的经过不真实
还是城镇的存在不真实
或者经过与存在
都有些不真实

所谓岁月，其实
就是河不断向前面走去
而不断留在后面的东西
其中包括许多人物许多牲畜
也包括从牲畜的皮毛上
抖落下来的月光和雨水
如果今晚不能将其带走
明晚就是另一条河的

遇到走不通的地方
就想方设法地绕过去
因此，伟大的河都是弯曲的
其弯曲的程度等同于智慧的程度
它先于我知道：太直了
不但自己很不方便
大地也会很不舒服

偶尔也会停下来
像一个昼夜兼程的人
不得不于某时某刻某处停下来
然而，在河那里
歇息从来不叫歇息
而是称之为断流

这种时候，河

格外像一道又深又长的伤口
那不是一年的雨和雪
就可以抚平
可以掩盖掉的

草和羊

头一次看见
这么好看的草
头一次看见这么多
低头吃草的羊

羊是善良的
草是善良的
善良的羊和善良的草
使没有起伏没有阻隔没有层次
甚至没有边际的草原
有了草原的模样

使那颗就要熄灭的夕阳
像刚刚亮起来的灯盏
此刻,它的每一缕光线
都轻轻地柔和于
洁白的羊,和
鲜绿的草上

一切都那么美好
一切都那么安详
即使羊的眼神里含有淡淡的
难以细说的悲伤
那也是一种,足以
唤起我热爱的悲伤

——走动的羊
迟早会消失在走动中
而那些被羊啃过的草
却让无根的时间
久久地停留在
羊离开的地方

我有些感动
有想把这些感动,说给
别人的欲望

爬一座叫大黑山的山

还没到半山腰呢
就不想再往上爬了
粗重的喘息中,一根
树枝从旁边递过来
像某个人
伸出的一只手

林涛阵阵而大黑山无语
海拔663米的大黑山
睡得太死了,使
几百年和几十年没有一点区别
使几十年和几十分钟
同样没有区别

我抬起头来
再次朝山顶望去,那里
除了空荡依旧什么也没有
那里空荡得使我更加确信

——怎么上去的
就得怎么下来

山势越来越陡
途中,不断与一个或一群
顺原路返回的人迎面相遇
他们步履轻快却满脸倦色
我迟疑了一会儿,便
掉头走入他们中间

下山的路似乎比上山的路
还要陡,还要不好走,好像
有种力量于背后不停地推搡你
但我走得和他们没什么两样
渐浓的暮色里,也像一个
刚从山顶下来的人

这个早晨

早晨
城市准时露出
它不得不露出的轮廓

那只就要消失
就要融化在阳光里的残月
好比一块等待回炉的废铁
弯弯地搁在
残月那儿

我斜着身子
将几扇塑窗拉过来推过去
对面的五楼上
一位身穿睡衣的女人
也在忙着把几扇塑窗
连同照在塑窗上的阳光
拉过来推过去

更多的阳光
倾泻在大地上
记不得是哪位诗人
曾经把这些横溢于大地上的阳光
比作刚刚倒出的
第一炉铁水

无论他比喻得精彩不精彩
这个早晨都无法不明亮
这个早晨的阳光都因那个年轻女人
在离开窗口的时候
突然朝我这儿
看了一眼
而无法不灿烂

雨终于停了

下了大半夜的雨
终于停了。天空
渐渐露出天空的样子

一同露出来的还有月亮
抬头望着它时
发现它也在望着我

雨后的月亮特别像月亮
和一盏灯笼一扇灯火通明的窗口
没有任何相似之处

它抱着一块又黑又大的石头
轻盈地悬浮在半空,并在
悬浮的过程中把石头弄亮

我还在望着它
像它望着我那样

出神地望着它

此时，它在天上的位置
有点像魂魄
在我肉体上的位置

两座山

两座山,面对面
站立了很久

中间是一条
叫作细河的河
汛期,河面宽阔
依然被叫作细河

两座山隔河而视
那姿态,说它们是在互相睥睨
就和说它们是在相互仰慕
一样有道理

此时的天色
已被一群一群登山的游人
一层一层地走暗
对面的山顶上,几位
同行的伙伴在不停地喊我

像喊着一个
丢了魂的人

两座山不为所动
在它们看来：恨够不着的
爱同样够不着

回去的路上
我忍不住再次回过头去
静谧的星空下，那两座山
一样高的同时也一样矮
当然，这跟我非要写这首诗
没有什么关系

时　间

做完一件很正经的事
我会感到：似乎
赶在了时间的前面

这时，我很愿意懒在沙发上
翻一本常被翻动的书
等着时间，从后面
嘀嗒嘀嗒地撵到这里

可这里又是哪里呢
寂寞里？满足里？
还是麻木里？

我不是不知道
这仅仅是一种幻觉
但此刻，它就像一阵秋风
在追赶着一棵
迟早会枯黄的草

那么真实

我也不是不知道
时间只肯做
它喜欢做的事
比如谁怎样活着
它就怎样折磨谁

石拱桥

每次上班下班
我都得经过那座
造型别致的拱桥

每次从桥上经过
都会赶上河水,正
你拥我挤地从桥下流过
不知道为什么,那些
难以再清澈起来的河水
总是那么湍急那么匆忙
使每一个早晨和黄昏
充满了临时感

多年的时光,跟河水
一样,一晃就过去了
由花岗岩砌成的拱桥
依旧跟花岗岩一样结实
我知道,越是结实的东西

越有可能长久，而
我的每一次经过
使拱桥更加长久

有时很晚才回家
要是天气非常好的话
我走到哪里，月光
就会一步不落地跟随到哪里
当我和月光一同走到桥上
桥出奇的静，桥下的
流水声有多么大
桥就有多么静

那种感觉很特别
仿佛突然来到一处
我从没有到过的地方

流入镜泊湖里的溪水

水往低处流。从
山上淌下来的溪水
往低处的镜泊湖里流

日夜不停地流
清澈见底地流
一路上,那巨大的落差
使它们流得那么痛快
那么不顾一切

溪水什么都不说
而只是哗哗地嚷
其实它们也不清楚
为什么一旦流进湖里
就得像镜子那样平静下来
但它们似乎本能地知道
归宿究竟在哪儿

比起归宿
波光潋滟的镜泊湖
更像是急于接纳的怀抱
溪水使它有了深邃的内容
以及辽阔的含义

因此，镜泊湖
才漂亮得那么像湖
抬眼望去，它的
一大半是山上淌下来的溪水

然而，那一小半
好像也是溪水

梅

雪一直铺到你的脚下
等待中的时光,和
那些星星点点的骨朵一样
不声不响

等待使所有的枝丫
全都成为你急于拥抱我的臂膀
使你闭上眼睛,就会
鲜红地想起我

我仍是去年的样子
因时候还未到
因天气还不够寒冷
而远远地躲在你的心里

那么,你就继续咳嗽吧
像刚才那样,弯下腰
捂住胸口使劲儿地咳嗽
直到把我咯出来为止

一只用来喝茶的杯子

一只用来喝茶的杯子
长年累月地待在桌子的右上角
每次端起它
水都会使我
慢慢地向自己流露

杯子是透明的
杯中的茶叶，总是
先上下折腾一阵儿
再舒展着沉到杯底
有时，发生在我心里边的事情
也是这样

这并不意味着
我也是一只杯子
无论如何我都不会像杯子那样
通过自身的坠落
而弄出声响

我不仅这么写
同时也在这么想
想完写完，茶就淡了

我知道，所谓的茶
不过是一些新鲜的嫩芽
由于采摘的及时，才使它们
避免成为落叶，然而
就要被倒掉的残茶
与那些正在被扫走的落叶
又能有什么区别

这仅仅是我个人的看法
我总是这样：心里
怎么看，嘴上就怎么说
就好比那只用来喝茶的杯子
——装下的和倒出的
一直一样多

几只蝴蝶

在蝴蝶非常喜欢的地方
飞舞着几只
非常好看的蝴蝶

在一阵很轻的风中
它们忽高忽低地追逐着
比很轻的风
似乎还要轻

——几只蝴蝶
蝴蝶般美丽
其翩然的样子
很容易让人想到那支很著名的乐曲
想到两个为了爱情,而
不得不成为蝴蝶的人

这是一个,阳光
灿烂得有些过分的正午

几只蝴蝶使小区里的
假山、喷水池以及众多的花卉
突然就有了灵魂

我并不是一个多愁善感的人
我只是在生活中遇到什么
就享受着什么,我
只是多少有些理解了
那两个可怜的人为啥非要变成蝴蝶
瞧啊:在相互追逐的过程中
蝴蝶那么轻易地就绕过了
人很难绕过的东西

也许变成蝴蝶之后
人才会有这样的快乐
哪怕今天傍晚
就是世界末日呢

浮 云

一朵雪白的浮云
于湛蓝的天空里
缓缓地浮动着

它一直都在浮动着
并在浮动的过程中
不断地变换
形状或姿势

至于是像一团
蓬松而温暖的棉絮
还是更像一只
怀胎数月的母羊
它自己好像并不知道
就像我同样不是很清楚
那么多的人为何那么喜欢
将荣华富贵比作浮云

每次数完当月的薪水
老伴总是嚷嚷着
催我去卫生间里洗手
是啊,钱那么脏
荣华富贵又怎么可能
像那朵浮云那样干净

此时,隔着一扇
被老伴擦得透明的窗户
我长时间地瞧着它
而它那雪白得
一尘不染的样子
使窗户更加透明

在渤海边看渤海

在渤海边看渤海
看它的辽阔看它的蔚蓝
看它无边无际地裸在
蔚蓝的辽阔里

看众多的海浪
争先恐后地跃起又落下
使无声的阳光
一刻不停地发出
碎裂的声音

看雪白的水鸟
和黑得发亮的礁石
我想说的是
水鸟栖落在钻出海面的礁石上
如敛翅于教堂的尖顶

再看下去,落日

已临近海平线
此时，它是那么吃力地擎着
就要熄灭的自己
如擎着初亮的灯盏

空茫的渤海更加空茫
——既什么也没有
又显得来日方长

为什么不呢——
在离渤海最近的地方
我断续看渤海，并且
像面对生活那样
满怀敬畏地面对着
它的深邃和浩瀚

撂下电话

撂下电话
寂寞重新开始
好比一只沾满果酱的勺子
在客人离开之后,继续甜着

此时已近午夜
窗外,风吹在风上
月光和斑驳的树影
洒满了院子

院子不大
却静得幽深
足以使那棵枝繁叶茂的老树
肆意摇晃

我好像也在摇晃
或者像那棵老树
难以离开摇晃那样,难以离开

电话里与我倾心交谈的人

但我假装平静
假装什么都没有发生
假装不知道
假装有多么假

假装自己
真的就是一只
沾满果酱的勺子
依旧很甜很甜地甜着

一对瓷瓶：A

当我再次提起笔来
瓷瓶才有了瓷瓶的模样
既不像两只被拔光了羽毛的水鸟
也不像一对儿分不出个头的雪梨

重要的是：我走过的路
足以将它们远远地甩在身后
然而每次回到家中，好像
它们始终等在我的前头

类似的问题，灰尘一样
经常容易碰到，例如
黎明抵达的时刻
它们刚好从夜色里迈出

有着孕妇一样的轮廓
却与孕妇截然不同
它们一直因腹内的空空荡荡

而满足地腆腹

光洁。脆弱。恬静。呆滞……
我脱口而出：我的生命
正是由这些不同的
碎片，拼凑而成

但瓷瓶从来都不是
任何别的事物
它们只是在无端的
站立中，不肯分离

它们只是为了避免
猝不及防的碰撞
而相互靠在一起
像噩梦搂着噩梦

一对瓷瓶：B

人原来可以这么安静
可以不声不响地坐在
自己的旁边，好比
一只瓷瓶和另一只瓷瓶

一只瓷瓶
紧靠着另一只瓷瓶
中间那道无法弥合的缝隙
使它们成为
难以分开的整体

是的，人和自己
有时太像两只一模一样的瓷瓶
区别在于
一只一直空着
另一只，则
渴望盛满什么

要是
反过来说
也一样

坏牙齿

它不是一下子变坏的
当它坏得不能再坏时
就跳出来大闹
就开始疼

当然是我疼
很痛的那种疼
疼得我无论看谁
都那么幸福

一连好多天都是这样
这么大的世界,无论我
待在哪里,都不是
疼够不着的地方

一颗彻底变坏的牙齿只能更坏
在它那儿,疼越来越不是疼
而是一根,正在

使劲凿墙的凿子

"是你的一些坏习惯
惯坏了它……"
漂亮的女牙医边说边把它扔进
不锈钢的盘子里

她的态度非常和蔼
对待我始终像对待一个
刚刚从地狱里
逃出来的人

但，很快
我就把她连同那颗坏牙齿
一起忘掉了，就像
什么都没有发生

那棵老树

经常是
风用多大的劲儿吹
它就用多大的劲儿摇晃
直到风累得
再也吹不动为止

在北陵小区
在那处，我
站到窗前就能瞧见的地方
它一心一意地繁茂着
其全部的努力
好像就是为了
成为一棵更老的树

跟它一样
除了借口
我也什么都不缺
而恰恰是那些叶子与叶子

使我一再感到
——我还有足够的时间
用来衰老

当一大群
吵吵闹闹的麻雀
融入浓密的叶子里并且成为叶子
我确实看不出
有哪几片
是多余的

两只绵羊

黑山路北侧
某家新开张的火锅店门前
拴着两只洁白的绵羊

那是两只据说来自草原
又明显被店主精心梳洗过的绵羊
因我比喻得不够精彩
而特别像一片蓬松的云朵
和另一片,同样
蓬松的云朵

没过多久,它们
就脏了。在大都市
难有什么一直都是干净的

不知道离开了草原的羊
还算不算真正的羊
但此刻,照在两只绵羊身上的阳光

肯定也照在草原上

其实，无论我怎么写
羊都只能是畜生
它们在一望无际的草原上
专心致志地吃着鲜嫩的草
仅仅是为了让人和狼
能够吃上，远比
鲜嫩的草更好吃的肉

再次路过这里时
两只绵羊不见了
在它们消失的地方
有两摊未干的血迹
那血迹又腥又红，看上去
跟人的跟狼的完全一样

落在院子里的雨

雨落在寂静的院子里
院子里的车棚、石凳,以及那只
反扣在墙根下的铝盆
让一样的雨,发出
不一样的声音

雨不停地落在院子里
听上去,那些不一样的雨声
在好几个地方同时不厌其烦地数着
难以数清的自己……
一遍,又一遍
即使偶尔停下来
也像缓口气那样短暂

除此之外
它们不理睬任何事情
更懒于知道:一个
坐在某扇窗户里面写诗的人

正把窗户外面的情景
比作一大群鲟鱼
在一同甩子

整整一个上午
它们没事一样
不慌不忙地数着
高一声低一句地数着
直到把自己
一滴一滴数尽

好像不这样
那鱼群一样黑压压的云层
就不会散开
太阳也不会出来

怒江公园

怒江公园,是一座
刚落成不久的公园
我所熟悉的那些人
都不熟悉它

怒江公园是一座
远离闹市区的公园
偶尔的几位游客
很容易消失在林木里
并且成为林木的一部分
就像茂密的林木,是
怒江公园的一部分

怒江公园,其实
是一座一点都不复杂的公园
除了林木,就只有一片
被林木环绕的水
那水比池塘大但比湖要小

然而,在湖与池塘之间
它的存在却那么理所当然

因此,怒江公园
只能是一座很僻静的公园
我不止一次感到
——僻静于它
好比孤独于我

每当我来到这里,并且
坐在水边的某块石头上
默默地吸一支烟的时候
它更加僻静

远　方

刚刚写下这个题目
就突然停电了
屋子里顿时漆黑得像一处
我从没有到过的地方

我起身，摸索着
朝另一个房间走去
记得那儿有一截
很短很短的蜡烛
和一团，始终被它
带在身上的光亮

我继续摸索着
朝蜡烛那儿走去
其小心翼翼的样子
远不像一株稗草
溜进稻田里那样随意
更不像一尾鱼苗

游入池塘里那么快活

——十几步的距离
竟这么难以十几步地走完
一次偶然的停电
竟这么轻易地改变了
远方的含义,和
我对远方的看法

此刻,它应该是
——微弱的烛光
静静地照在
需要烛光的地方

槐花开了

槐花开了
更多的槐花
也开了

在五月
在突然之间
槐花一下子开得满枝满丫
好像不把五月开碎
它们很难停下来

天气不好的时候
它们照样开得那么好
好得它们,跟
雾凇、雪挂以及类似的事物
没有任何相似之处

好得花香除了喧闹
没有一点声音……

向着敞开的远方
喧闹的花香弥漫到哪里
时间就在哪里溃散

我得多坐一会儿
我总觉得似乎有什么
即将在下一刻
突然出现

暮 年

被时间和嗜好
弄出各种各样的毛病
以后,还会被弄出
更多更大的毛病

因此,屋子里
任何一件磨损的东西
都可以拿来比喻他,例如
那把断了木柄的锤子

这没有什么不贴切
他时常点上一支香烟
站在窗前默默地回忆着
从前那些浑身是劲的日子

他吸的时候
嘴边的那颗火星跟过去的一样鲜亮
他不吸,眼前的暮色

又深了一层

此时,呼啸的风声
使那把断了木柄的锤子
格外像一只不肯松开的拳头
甚至,攥得更紧

可无论从前的日子
多么惬意多么痛快
逝去的时光,也只能像
弹落的烟灰那样轻

蠕动的小径

河对岸,蠕动着一条
时隐时现的小径
觉得没啥意思时到阳台上望望它
便成为一件挺有意思的事

那里常常空无一人
常常是它自己,弯曲着
钻入一片晃动的林子
当它从另一端钻出来时
又弯曲了一些

极少有人走动的小径
极少有人知道它通往何处
但在我看来:既然
它和自己一样宽
那么肯定也会和自己一样长

现在是初春,不久

路边的草木就会用各自的枝叶
将它遮在浓荫里
那景象,就好比
不一样的孩子用一样的睫毛
把月亮掩在睡梦中

我对那条没有人走动的小径
渐渐地有了兴趣
比如此刻,它
好像刚刚从东边回来
又好像正朝着东边赶去

时间在它那儿
始终那么直接和简单
仅仅是一种往返
或者来回……

常给朋友打电话

常给几位
远在外地的朋友
打电话

常在电话里
告诉另一座城市里的他或她
"我总像分不清稻子和稗子那样
分不清自尊心和虚荣心"

要是他们沉默
我会紧接着说
"我都五十六岁了,不认识的人
就不想再认识……"

是的,我有些
离不开他们了
就好比某颗齿轮
难以离开

另外几颗齿轮

每次搁下电话
时间都会重新开始
而在这块
我戴了十几年的手表里
时间就是由大大小小的齿轮
组成的

第九盏灯

时间长了
难免会有那么一点
屈辱感

在黑漆漆的夜里
在那处,我
一抬头就能看见的地方
你亮得似一抹瑕疵
一片渍迹;一块
无法擦掉的污点

它们是连续的
就像A的后面是B
B的后面是C
而此时你特别像E
右边紧靠着F
左边不得不挨着D

我开始犹豫
我担心这么写下去
会离题过远

有好几次
我想换个角度
却丝毫不亚于
换一颗脑袋

常去的地方

怒江北街
有一座街心公园
公园里的老柞树下
摆放着几张长条木椅

如今,木椅上的油漆
早已被时间剥落
而露出来的木纹
与时间扭打在一起

无事的时候
我常去那儿坐坐
那儿无神,却是
离神最近的地方

在那儿,我
结识了不少朋友
其中包括一位:妻子离世

儿女远在异国他乡的老人

那是一位非常平静
非常慈祥的老人
其年龄的尖顶总是挂着几片
往事的云朵

几次与他单独坐在一起时
我都有种特别的感受
——仿佛坐在
天堂的门口

重　逢

有多么寒冷的冬天
就有多么寒冷的风

一阵阵寒冷的风
一把把无形的梳子
梳弯街树的同时
也梳弯了
墓园里的枯草

客厅因此格外温暖
故去多年的父亲像生前那样
坐在他常坐的位置上
我一声不吭地坐在他的身边

我们不停地抽烟
间或喝一口花茶
他和我谈起战争中的事情
又说起三十几岁就开始

守寡的奶奶……

月亮一直挂在月亮那里
哈欠随烟雾四处散开
我一边有些不耐烦地听着这些
他多次讲过的陈年旧事
一边耐心地等待自己
从睡梦里醒来

越来越平淡的日子

越来越平淡的日子
越来越高大的建筑
它们一座紧挨着一座
同房价一起
争先恐后地耸入云端

除了这样说
我能想到的不比看到的更多
那些高得,几乎
同地狱一样深的建筑
无法缩短我们与天堂的距离

相反,太高的地方
太容易让人想到坠落
想到坠落时所划出的弧线
以及随后溅起的
巨大尘埃

在怒江北街,我曾目睹
一位农民工,是怎样
从脚手架上不慎跌落下来
他绝不会想到:把楼盖得越高
自己就摔得越狠

这样写着,都市
因夜色降临而再次灯红酒绿
那些高大的建筑
又在我的心里
耸动起来

小　湖

我可不是一面镜子
我只是清楚
——月亮和月亮的倒影
为何久久地相互凝视
直到把对方
看成自己

我也不是一只挪不走的浴盆
我只是知道
——夏天何时会来到这里
并且把好看的裙子
甚至更加好看的亵衣
一件一件地脱在
一簇一簇的野花那儿

这也算比喻吗
两个喻体之间，我只有这么大
所以，也只能这么深

早已习惯了被固定
被一种无言的秩序固定
我越来越愿意在固定中
和透明的时间彼此充盈
因此,我无法不清澈不肤浅
而比起肤浅
清澈更愿意是不存在

千万别找到我看见我
即使看见了,也别理睬我
让我在这牢牢的固定中
平静得和自己一模一样
荡漾得和自己一模一样

当然,大雨恣意时
我也会混浊得
和自己一模一样

想 你

想你。躺在农家的土炕上想你
想你哭泣不止的样子
以及你左手的手腕上
那道鲜为人知的伤痕

想着，想着
月色就飘下来
在这个千奇百怪的世界上
大概唯有幽暗的月色
有可能将伤痕
模糊成花纹

要是真能这样
那就太好了
我是说：既然
伤痕可以变成花纹
那么，你那不幸的命运
也会成为一张

庸医开错的方子

月色越来越浓
好像我再这么想下去
你左腕上的伤痕
真的会变成花纹

哦，好像再这么想下去
我就会被你
一下子想起……

一棵古槐和另一棵古槐

一

守在不同的地点上
站在相同的时间里
——一棵古槐和另一棵古槐
既不能走近
又无法远离

一棵古槐和另一棵古槐
常常相互梦见……
只要有鸟只要有鸟声
它们就会相遇

这是我多年以前的想法
更是我现在的看法
——想法与看法
好比一棵古槐和另一棵古槐

之间隔着难以改变的距离

二

依然是风
在让它们摇晃
而摇晃在唆使它们奔跑
奔跑却让它们
寸步难移

远远地望去
那些伸给自己的枝头
不停地挥动着
五月被挪走
那些垂挂过阳光
也垂挂过月色的枝头
继续挥动着
八月又被挪走

挪来挪去
天气就凉了
我不止一次听见
它们因抓不住最后一把叶子
而发出的叹息

三

自然的安排
远远高出人类的智慧
两棵古槐因无路可走
而在漫长地等待
就好像它们早就知道
我和其他走动的事物
迟早会成为
它们立足的泥土

因此它们越陷越深
其结果只能是
越来越像两棵槐树

——躯干粗壮而宁静
浓荫浮躁但蔽日
这很容易让人
想到斧子

生　涯

与昨晚一样
我又一次陷在灯光里
跟一盏电压不稳的灯
陷在无边的夜色里
一样深

这么说
丝毫不意味着
我也像一盏灯
在这个偌大的世界上
谁愿意是盏说亮就亮
说灭就灭的灯呢

我只是时常随灯一起
静静地坐到天明
这期间灯有多亮
周围就有多黑

除了那些看不清的事物
周围还能有什么
作为一个年过半百的人
我越来越相信一副花镜
而不是像这盏灯
相信灯光那样
相信两只眼睛

告诉您

我往烟灰缸里弹烟灰
我在一张张干净的纸上
写分行的文字

回忆是一只蚕,至少
像蚕那样吐着丝一般的皱纹
我把衰老当作岁月的恩赐

这样的事情几乎天天都在发生
这样的每一天,都因为我
经常坐在这儿不走而先后走来

不断走来的时间不断地离开
乍泄的曙光使那些隔夜之物
及时地成为垃圾

它们越来越高地堆积在
我的心里,反复挡住我视线的东西

总是被我反复看见

……您在听吗？上述的一切
使明天成为更加遥远的码头，而
每次出门，都像在赶最后一班客轮

山里的石头

山里的石头真多啊
跟城里的人一样多
高的和矮的
坐着的和站着的

跟人一样多的石头
跟人根本不一样
它们沉默了那么久
却仍在沉默

此时,我和几位诗人
于石头的沉默中
说着唠着,偶尔
非常激烈地争辩着
这当然不是我们知道得太多
而仅仅是说得太多

石头好像是在听着

更好像是在睡着
它们经常在一梦到底的酣睡中
把一年睡成一天
再把一天睡成一秒

所以，我们经历过的
石头早就经历过
比如时间，比如雨雪
比如阳光和月色

但与沉默的石头
根本不一样：我们
说着说着就把自己
从这个世界上说没了

敲木鱼的出家人

观音寺的大殿里
一位年纪跟我差不多的出家人
在不厌其烦地敲着一只
漆红的木鱼

三十几岁的时候
我也有过出家的念头
所以,他比菩萨
更让我着迷

天天都要这样敲吗
不但把镀金的菩萨
敲得三缄其口,还得
把自己敲得低眉顺目

那神态分明是在告诉我
——出家就是换个地方
就是在菩萨的沉默里

把木鱼敲给自己听

此前一直不清楚
出家人与菩萨是怎样的关系
现在终于知道：其实
就是菩萨与出家人的关系

是的，有什么样的菩萨
就有什么样的出家人
而有什么样的出家人就一定有
什么样的寺院

回去的路上
空洞的木鱼声于耳边响了很久
却始终比我的心跳
快了半拍

至于那位出家人
很快就被我忘了
忘在香火缭绕的
观音寺的大殿里

雨后的夜晚

雨停了
风,还在吹

风从杨树吹向槐树
风在路上,最后
一个回家的人
走在风里

该膨胀的都在膨胀
——憋不住的花蕾
孕妇的乳房,以及
那轮离浑圆
越来越近的月亮

云朵忙乱地丢下
一块又一块蓝天
当夜色淹没所有的屋顶
窗外的街道

已深深地陷在
无人走动的孤寂里

雨后的夜晚如此静谧
在灯火相继熄灭的地方
梦成为一条
装得下
各种事物的袋子

而墙上的挂钟
正一下接一下地忙着
忙着将那敞开的袋子
嘀嗒嘀嗒地缝死

醒来的野马河

冬眠的野马河
在渐渐暖和起来的三月里
渐渐地醒来了

你当然知道
醒来和融化是一个意思
而河一旦融化
才真正像条河

此前一直不清楚
这条北方以北的河
为何叫作野马河
现在终于知道
——奔腾的河水
跟奔腾的野马一样快

当我这么想着
那块翻滚着的浮冰

已蹿出去很远
其惊慌的样子,好像
有一大群奔腾的野马
正撵在后面

哦,醒来的野马河
名副其实的野马河
从世界的某处奔腾而来
经过我,又朝着
世界的某处奔腾而去

并且,在狂躁的奔腾中
又那么小心地限制着
自己的宽度……

无名岛

那座没有名字的小岛
有着太多太多的执拗
此时,它执拗得
浑身净是棱角

除了这样说
我能想到的
不比看到的更多
几条与它擦身而过的快艇
使它那么像一艘
不想起锚的船

窜来窜去的快艇
太快了!快得
仅差那么一点
就要飞起来。我觉得
是它的无动于衷
显得它们那样快

孤独原来是这副样子
在阔无边际的大海上
它孤独得与自己抱在了一块
所以，每次风浪遇上它
才那么像密集的箭矢
遇上了盾牌

这一切
使我很愿意
用打量一个人的目光
打量它

风一直在吹

风一直在吹
少,比漏掉的还多

几枚早熟的碧桃
从碧桃树上先后落下来
接连溅起,除了我
任何人都听不见的
巨大声响……

我在桌前坐了很久
我想到很多很多
跟碧桃和碧桃树无关的事情
后来想到我曾经写下的一些
诗句:河与河水一起流淌
一只孤独的豹子,待在
不愿被世界知道的地方

风继续吹,某种

无处可寻的味道，无处不在
我下意识地挪了挪椅子
以便和自己挨得更近

以便更加舒服地
面对这个时刻
就如同窗外那几棵
挨在一起的碧桃树
面对着月光

那么多写月光的人
如今都不见了
而无言的月光，依旧
照着无言的大地

局外人

太阳从一种鲜红
返回到另一种鲜红
太阳熄灭的时刻,星星
一颗接一颗亮起

平静的一天
即将平静地结束
我的周围,充满了
灰烬般的疲惫

时间却一刻不停
在必走之路上
那位牵着狗的少妇,有着
牵着狗的那种寂寞和伤感

这是我的看法
却跟我没有任何关系
就像被笔写出来的孤独

很快脱离了笔

孤独有着，比
海螺还要坚硬的外壳
但我从来都不是那只
寄居在里面的小蟹

我只是在这间不大的屋子里
随便写下这一切
而这一切，使我有幸
成为局外人

屈　从

落在夜里的雪
对夜色的屈从
是安静的

奔腾的黄河
对断流的屈从
是安静的

甚至落日对暗淡的屈从
暗淡对熄灭的屈从
也是安静的

哦，屈从是安静的
而那样的安静
是可以享受的

我因安静而一再感到
——待在家里，好像
躲在岁月的外面

避 雨

散步散到一半时
躲在一棵柞树下避雨

突然落下的雨
将这棵浓荫匝地的柞树
淋成了一座亭子

然而，除了我
那些同我一道散步的人
没有谁相信这是真的
当他们惊叫着逃命似的跑掉
亭子更不真实

幽静的北陵公园
却更加幽静。此时
它幽静得足以使贴在树干上的我
成为柞树的一部分

雨越落越起劲儿
到了后来,我和枝繁叶茂的柞树
一同被埋在雨水里

看来,雨不落完
太阳就不会出来;看来
同样的树荫,在雨中在阳光里
是完全不同的两种事物

我的意思是想说
——雨一浇就透的树荫
阳光始终无法穿透
尽管有时,倾泻的阳光
比这场雨还要猛烈

寂静的山谷

此时，我坐在
一块光滑的石头上
时间长了，像
另一块石头和它的哑默

抬头看云时
看见了几簇不知名的山花
它们摇曳在陡峭的绝壁上
比摇曳在我的心里
还要美

这是五月上旬
辽南山区的某个下午
一条清澈的溪流
像溪流那样匆忙
它弯弯曲曲地远道而来
经过我，像经过一处
必须得经过的地方

四周更加寂静
静得那条叮咚的溪流
无论我怎么听
都像是一支
在反复修改的曲子

静得山里与山外
好像不在同一片天空下
静得山里的我与山外的我
也好像不在
同一个时代

比雪梨更安静的事物

比雪梨更安静的事物
只能是茶几上的那只雪梨
有好长一段时间
它安静得就像不存在

有好长一段时间
它都在用无声的气味
表达着某种欲望
只是我忽略了这个细节

只是我无法知道
究竟什么样的欲望
从雪梨的内部把雪梨弄得
如此好闻又如此好看

好看的雪梨
不停地散发出好闻的气味
我撂下笔和文字

跟它一样安静地瞧着它

我仍在瞧着它
我知道再这么瞧下去
就和瞧一个人
有些一样了

今 天

今天是愉快的一天
普通的一天。是很快
就会被我忘掉的一天

至于是否有风
风是否吹来云层
云层是否降下雨水
雨后是否有一道
长而弯曲的彩虹
则是它自己的事情

今天我一直待在家里
其所做所想
跟风跟云跟雨跟彩虹
没有任何关系

我一边漫不经心地忙着
一边等待着落日,把

照耀了一天的大地交给夜晚
交给夜晚里的星星和露水

我喜欢落日的样子
无论我的心情如何
它都那么平和那么圆满
我更喜欢它此时的光芒
柔和、凝重，使世界
成为一只镀金的笼子

我知道，笼子外面
有太多太多我不知道的东西
但，即使知道了，世界
依然是一只镀金的笼子

难以数清的麻雀

雪落下来的时候
草坪里的麻雀
并没有飞走

隔窗望去
那群觅食草籽儿的麻雀
比最饱满的草籽儿
大不了多少

有那么一会儿
我在心里默默地数着它们
第一遍是二十三只
第二遍是二十七只
第三遍则变成了十九只

再数下去就更乱了
我一点也没有料到
那群一目了然的麻雀

竟然使每一个数据
都那么可疑

然而，雪越落越大
却是确定无疑的
它们依旧在那片草坪里
仔细地翻找着
用以果腹的草籽儿

这期间
一些雪花不经意地落在
它们的羽毛上，像
落在另一些雪花上

很厚的雪

昨夜里
轰轰烈烈地下了一场
很厚的雪

很厚的雪
自然是很白的雪
在这座城市彻底醒来之前
洁白得,比
哪一种颜色都深

从卫生间里出来
我停在窗前看雪景
雪中的那些不一样的事物
易碎品一样静

一个年龄与身高
跟我相差无几的男子
在没踝的雪地上

连摇带晃地走着
他拖着一串越来越长的脚印
仿佛拖着一条
越来越沉重的铁链

有那么一阵
我像看着自己那样
目不转睛地看着他
看着他那副
能走多远就走多远的样子

直到他缓慢地拐过街角
一下子不见了,直到
他急于抵达的目的地
成为我内心深处的
某个地方……

一列动车经过一座铁桥

由远及近的动车
跑得太快了。它
经过那座铁桥时
简直太快了

几节车厢一闪而过
几节连成一长串的车厢
仿佛仅仅是一节
很短的车厢

不知道是在追赶什么
还是在被什么追赶
追与被追,好像
并不需要任何转换

结实的铁桥一阵颤抖
桥上方的月亮桥底下的河水
一阵颤抖。当

月亮和河水复归平静
铁桥仍在颤抖

二十一点三十三分
一列动车经过一座铁桥
它快得使我突然感到
——慢,才是一种
越来越难以做到的事情

哦,它快得
使那座铁桥和这个夜晚
久久地待在
原来的地方

夜深人静的时候

夜深人静的时候
院子里的那棵老树
又开始走动

像昨天夜里那样走动
于我家的北窗前
晃来晃去地走动
——空寂的院子里
充满了窸窣之声

当然,这并不是它
在走动中碰响了什么
才被我听见,而是
我听到了某些细微的动静
它的走动才有了响声

它走着……当它
走过午夜继而走近拂晓

时间和月光
也紧跟到那里

有时睡不着
站在五楼这扇窗户的后面
我曾亲眼看见,它是如何
把吹拂的风走成飘逸的饰带
把繁茂的枝叶走成宽袍大袖
然而,这一切
似乎都不是
它非要走动的理由

还剩下最后一片夜色
还剩下最后一片夜色里的
最后几粒残星……
曙光乍泄时它突然停下来
好像疲惫了;好像
在走动中一下子想起了什么

天是怎么黑下来的

天是怎么黑下来的
究竟是什么
让天黑下来的

黑得那么深
那么彻底
像即将淹没一切的潮水
但又不是

黑得我关掉屋里的灯
就看见了窗外的月亮
黑得月光一片也没有增多
一片也没有减少

黑得星星越来越密
越密就越像
读不懂的古希腊字母

哦，黑得
天下那么多的人
几乎同时闭上了眼睛
并且因为相爱
而同床异梦

性格与命运

除了你与自己
还能有什么,比
性格与命运靠得更紧

你当然知道
比喻从来都是荒谬的
然而,在这个必然的下午
荒谬的比喻使你更加荒谬地想到
一块偶然从山顶
滚落的岩石

只见它时而高高地弹起
时而笔直地下坠……
你想不出:到底
什么样的磕碰及摔打
才能让性格与命运
截然分开

趁你这么想着
它越滚越快越滚越快
直到深深的谷底接纳了它
直到它在止不住的滚落中
与那滚落的经历
紧紧地搂抱成一团儿

就好比此刻
你一声不吭地坐在
自己的身边

被一块石头瞧着

它在瞧着我
很长一段时间里,它
一直蹲在那儿瞧着我

像我瞧着它那样
瞧着我。我是想说
——像我瞧着一位
缩颈抱膝的男子那样
好奇地瞧着我

山里的落日
落得格外早
而透明的余晖
使我莫名地想到
透明的福尔马林

它蹲在那儿
继续瞧着我

像一位缩颈抱膝的男子
在瞧着一块,从未
瞧过的石头那样
饶有兴致地瞧着我

瞧着我
于福尔马林似的余晖中
若有所悟地坐在
身体与遗体之间

靠海的房子

靠海的房子,看上去
是一幢很孤单的房子
它坐落在没有其他房子的地方
让居住在房子里的人
日复一日地做着
该做的事情

靠海的房子
又是一幢很老的房子
墙灰剥落的地方
那些露出的砖块
特别像肋骨

此时正值夕阳西下
我和几位借宿的朋友
一边吸烟一边平静地等待着
有许多海鲜的晚餐。而
更加平静的女房主忽东忽西地忙着

不像有多么沉重的心事
也不像驾船出海的丈夫
逾期未归……

夜里睡不实
恍惚中几次听见
——一只有劲的大手
拍打着紧闭的房门

哦，靠海的房子
是海风无法撼动的房子
它有一种力量，使我们这些
从内地赶来的游客
迅速成为房子的一部分

就像这幢房子
是小岛的一部分
更像这座默默无闻的小岛
是喜怒无常的渤海的一部分

阅 读

每翻开一页
文字几乎都是新的
甚至连时间和灯光
也是新的

像窗外的月亮
面对整个夜晚那样
我神情专注地面对书中的一切
而不再去理睬
那颗早已经坏透
并不断让我难受的牙齿

和坏透了的牙齿
一样坏的,是
书中那个小人物的运气
所以,在故事的结尾处
他结束自己的生命时
跟拔掉一颗牙一样容易

当月光摸遍了
夜里的每一个细节
我将书轻轻合上,如
一个酒足饭饱的食客
起身离开

但这样说并不意味着
那本被我读过的书
就是一堆啃剩的骨头
或鱼刺

废 园

没有比这里
更静的地方了
即使我在里面转悠了很久
它静得依然像
从未有人来过

有时我会转悠得更久
直到再次喜欢上它

我越来越喜欢这处
因不再被人看管而草木葳蕤的废园
风，常常让它们
像风那样随便

那情景，仿佛
整个世界都在枝繁叶茂地说着什么
不！世界在废园这里
除了绿着苍翠着

再无别的事可干

除了想写好
难以写好的诗
我也无事可干。所以
每天下午来这里走走
便成为一件非干不可的大事

与我去过的所有地方不同
在这里行走格外是行走
——区别于逃离的同时
也区别于追赶

涪 江

一

2016年5月4日
乘国航CA4186航班
赴遂宁参加一个诗会

遂宁是一座
坐落于群山之中的城
平缓、宽阔而又清澈的涪江
穿城而过

之后的几天里
我常去江边转转
感到涪江对遂宁的依恋
远远胜过一些诗人
对诗的依恋

相反，于四川境内
举办的这次诗会
倒很像四川的火锅
除了那条不声不响的涪江
什么都可以往里放

二

涪江的转弯处
有两个中年男子
在那儿捕鱼

我停在一旁
很仔细地瞧着他俩
交替着，朝
流动的江水中撒网

那张撒出去的网
有时是圆的有时是椭圆的
却网网都是空的

离开后
我忍不住又回过头去
发现几片挂在空网上的阳光
鱼鳞似的闪亮

三

为什么叫江
而不叫河呢

走在长长的江堤上
我特别想知道江与河
到底有着怎样的区别

缄默的涪江
继续缄默。此刻
它和我所熟知的那些河
并没有什么两样

——流淌到哪里
就把岸搁在哪里
并且一再让此岸
在彼岸的张望中
成为彼岸

关于辽河

写下这个题目时
辽河正赶往下一个地方
下一个地方,是
离渤海更近的地方

辽河是一条
更愿在辽宁境内转悠的河
据我所知,除了渤海
它哪儿都不肯去

除了浩瀚的渤海
我不知道还有什么
能让它昼夜兼程地流淌
像人与死亡那样,它
绕来绕去地与渤海
保持着一种直接的关系

前不久,我曾

去过辽河入海口
亲眼见到它即将消泯于渤海里的样子
有些疲惫,有些不舍
有些很想停下来的意思

那时正值枯水期
宽大的河床里,到处都是
裸露的水草、石头以及黑色的淤泥
它们极力让我相信
——世界上只有水
才如此干渴

我在那里待了很久
一再感到:流淌的过程
其实是不断删除的过程
在入海口,辽河把自己删得
只剩下迟缓和平静

跟一个人
即将进入另一个世界时
一样平静

不一样的皂角树

初春的时候
怒江北街的路两旁
栽下了许多皂角树

那是一种
我很早就认识的树
在初中的一篇课文里
鲁迅先生曾几次
对我提到过它

多少年不见了
它们一点也没变
身上的刺儿,还是
那么硬,那么锐利
那么喜欢扎人
而且一根都没少

怒江北街却变了

途经这里的春天好像也变了
不仅多了一些姿色，不仅
多了一些婆娑和摇摆

转眼已是夏天
等距离站成一排的皂角树
有的开出新鲜的花
有的在一片一片地掉叶
还有那么十几棵或者更多
已经枯死……当初
被卡车拉到这里时
它们并没有什么不同

想了几遍我都说不清
——那些一样的阳光
一样的时间和一样的泥土
怎么就把它们弄得
这么不一样

多余的木桥

河水早就干涸了
长而蜿蜒的河床里
只剩下时间
在静静地流

此时已是初夏
已进入丰水期
时间流过桥下的声音
只有时间听得见

木桥也很静
是那种无人走动的静
包括我在内的许多人
更愿意从河床上径直走过去
或走过来

所有这一切
使木桥显得有些多余

而刚刚刷上去的新漆
使它鲜亮得
更加多余

但它是一座很好看的桥
造型很别致的桥
远远地望过去
没有一点多余的样子

待在家里

写下这个题目不久
天就黑了
而滴滴答答的雨声
还在朝着下一刻走去

从早晨开始
雨就这样
不歇气儿地走着
我没有到过的地方
它们都去过了

越走越深的雨
使我越来越安静地待在家里
我从不认为：家
是一只用来灌溉的水泵
但它始终像水泵控制着
土地的收成那样
控制着我对生活

以及这场雨的看法

比如此刻，忽远忽近的
雨声，敲打着我，像
用力不均地敲打着琴键
无数个瞬间重重叠叠
成为同一个瞬间

到了后来，我索性
把笔和文字一块放下
仿佛再静静地听上一会儿
这间不大的屋子
就将随着无边无际的雨声
而辽阔起来

再次写到雪

早晨开始飘洒的雪
到了下午,依然没有
停下来的意思

飘洒了整整一天的雪
依然那么精力弥漫

从第一片雪花
触地的那一刻起
我就没有离开过书房
窗外,不断飘洒的雪花
使我不断地想到一些
平时难以想到的事情

吃晚饭的时候
突然就想到了川端康成
在我的心目中,他
一直是一位孤独的

天堂的守门人

此刻,正用宽大的扫帚
在那处很高很高的地方
一下比一下用力地清扫着
台阶上的灰尘……

向 西

我独自走在
昨天傍晚散步时
走过的路上

路上空无一人
脚下弄出的声响
是我从来都没有
听到过的声响

行走在于把目的
变成过程。事实上
我一直蜿蜒地顺着路的意思
向西，向着落日的方向

当我再次抬起头来
落日已挨近地平线
不知为什么，我总喜欢
将越坠越圆的落日

看作是一只,被
上帝用旧的烟斗

我早已年过半百
是一个被自己用旧的人
因此,我懒得知道
——落日与烟斗
到底谁更像谁

幸福的杨树

一只飞倦的鸟
落在了一棵
正在落叶的树上

那是一只我从未见过的鸟
树则是每天都能碰到的杨树

周围的杨树远不止一棵
似乎只有它,让
漫长的等待站在了
最值得等待的地方

我是在赴约的途中
见到了这一切。我
再次相信:偶然
比必然肯定更有道理

我边走边对自己说

那棵杨树是幸福的
至少，它因一只
偶尔栖落的鸟
而比其他的杨树
更像是杨树

我也一样。几次
与那位就要见到的人
面对面地待在一起时
我都格外兴奋
格外像我自己

为此着迷

那颗渐渐挨近
地平线的落日
越来越像一颗
暗淡的落日

我一直为此着迷
我曾在另一首诗中写过
——看上去,落日几乎纹丝不动
却无时不在急速地下坠

有那么几次,它试图
让自己停在结束的地方
此刻,它好像已稳稳地
停在了那个地方

我愿意相信:那个地方
是钟摆无力再摆动的地方
是一张面孔在阅尽自己的一生之后

阖目而逝的地方

因此,它无法不平静
平静得叫人分不清
是世界抛弃了它,还是
它正在抛弃这个世界

而当它消失
天空也没有出现一个
似乎应该出现的
巨大豁口

这 里

这里是墓园
是睡着了,就
不想再醒来的地方

这里是墓园
是忽高忽低的林涛声
与忽低忽高的鼾声
相互混淆,甚至
相互替代的地方

是时间停下来的地方
苍松与翠柏
不得不肃立的地方
是额头上的皱纹与松柏的年轮
缠绕在一起的地方

在这里,阳光的亮度
始终无法超过

它对墓碑的照耀
而墓碑上的名字
刚刚被一阵雨声提起

风不停地吹着
此刻,除了墓碑
没有什么不在摇晃
于摇晃中离开人世的父亲
一直守在这里

这里是天堂
是让心肠不一样的人
一样安静的地方

天气出奇的好

天气出奇的好
好得阳光全都流出来了
在浸透我的同时
又不惊动我
只是我长时间地忽略了
这个细节

我长时间地坐在
街边公园的木椅上
远远地离开
那个坐在编辑部里
埋头看稿的自己

这是初冬
一个风和日暖的下午
是那股笔直地,从
不远处的热电厂升起来的青烟
闲着的时候

闲不下来的,是人
那青烟似的一生
——沿着一架长长的
肉眼看不见的梯子
费劲地爬到
梯子够不到的地方
然后就散了

我得再坐一会儿
平静地想一些
和青烟和梯子
无关的事情